最美的季節

陳綺創作

我知道您們不能不走
記得, 您是在春雨中離去, 那時候我無法在您身邊
而妳在秋季中離去, 那時候我不過也是十來歲的小孩
無法勸阻, 望您們久留
留下了無限的遺憾

我常追憶, 曾經和您們在一起, 如此短暫的時光
灼熱的淚水, 暗示我
我必須奔赴, 至少您們期望的旅途

朋友都說, 我很真誠
這是您們留給我的恩惠
有時候, 我會埋怨
(生命不應該會是這樣)

消失中的彩虹, 願大地包容我
今世, 對您們早已離去的不滿與無奈

我繼承了, 您喜歡閱讀與寫作的興趣
來治療沒有您們的傷痛
而無窮的力量, 來自於您給我的信心

帶著您們的慈愛
我從不忘記您們曾對我的教誨
我將變得更富有

把失去您們的苦痛
用今生一切的努力
償還前世的因果
願在來生
我能再牽到您們的手

我選了一個最佳的位子
我身後的人生舞台
假裝不懂一切

世界現在正是中年
太陽給影子
只是瞬間的印象
早已忘了那些是
我漂泊過的空間

對我而言
每一天的過程
都可能會出現奇蹟

我擁有夢, 有詩, 有愛
總有一天
文學將為我帶來
一個春天

詩的感覺

所有的偶然,在瞬間發生
於是,我更接近文學
我無法等候
每一天的過程中
為自己掌握
至少,有一點適合於自己的理想
不易人發現的故事,寫不盡
詩如同我的發言人
詩的魔力
讓我在做夢時
也能入詩境
如圓夢,幻,夢境,夢的開始夢的結束⋯
全是夢中產生的詩意
尤其, 夢的開始夢的結束
完全是整個夢境的過程
意象是無形的一朵花
為了讓詩更美,我更深入探討生活中的每一個細節
我不為到達不朽的峰頂
只想領受一點
文學的偉大,詩的美妙
用詩的意境無聲地表露
每一段和世界美麗的邂逅
詩的光芒,給予我,過去,現在,未來的希望
這本詩集,不是我最後的成就
如果生命延續
成就也將延續

陳綺2003

等待　追求　成功　失敗

空虛　失落　無助

這是愛情的原貌

心動　淚灑

纏綿　悱惻

纏繞　繾綣

喜悅　羞澀

這是愛情的感受

人生自是有情癡

文/李坤城(資深出版人)

你可能度過了那個年紀，你可能錯過了那種心情，度過或錯過，那，屬於對情感思緒很敏感的時候。

人生自是有情癡，我相信，若是錯過，那可能或應該是，自覺或不自覺的，來自外在生活的壓抑，那，此刻，這本《最美的季節》可以喚起你潛藏內心的情感。我想，你是度過的，那，這本《最美的季節》可以喚起你美麗的回憶。

讀著書中一首首的情詩，感受著作者依著內心最直接的感覺，藉著詩意文字的抒發，讓濃烈的情思得以透過書寫的方式，得以沉澱，臻化為一種美。

或許情感太繁覆、太濃密，甚而太獨我，或也顯得太濫情，但卻是個人私我最真切的情思表達，那是有著一種內心的最真。也許，讀這本詩集，該是一首一首，一天一天慢慢的讀，那就可以緩緩抒發。

談到情感，難免有落寞、遺憾或嘆息，但一若自然天地，四季幻變，冬春互換，才能深刻體會，愈是悲，也愈是喜，總是歡喜夾雜，人生如此。

我看到一個情感的旅人，將她旅程中的情話物語，譜成這本情思日記般的詩集，為我們留下一個最美的季節，屬於她，也是屬於你我。那是一般人都曾經有過的故事，藉著書中一首首情詩的閱讀，我們相思的心靈也再次碰撞。

目錄

1997年
最美的季節
愛在春季
暗戀
祈求
我喜歡你的眼睛
甜蜜的戀曲
今生
在乎
愛情絕妙境
緣份

1998年
夢想
諾言
圓夢
在你面前
影
滿足
重捨
心痛
星
幻

1999年
秋的感覺
那一夜
夢中的男孩
夢境
無題
不變
勿忘
情
流浪的玫瑰花
跟隨

2000年
問
愛慕
夜思
雲在秋天等你
存在
未知
希望
浪漫的堅持
情詩
守護愛情

2001年
我是一顆守望你最明亮的星
有夢
殘局
藏愛
無言
變調
過程
傷
棄
無法阻止

2002年
迷途
單戀
學會堅強
不把傷心留的太多
記憶
絕心
你走
苦戀
藏緣
我不再是你的牽絆
抉擇
錯過
夢的開始夢的結束
不忘

聽說有一家做手機的公司即將轉業

送給你一些手機外殼

你為我挑選一個

可惜無法配上我的手機

當時我不知道你是誰

後來無意中才發現

原來你是

鼎鼎大名的人物

愛情總是

不經意中

快速降落

我們無法

來得及閃避

最美的季節

最美的季節
你似一陣風
悄然到來
心, 突然跌進
美麗的甜蜜
我心動地微笑

時間將所有的夢想摺疊
愛, 開始無限蔓延
你第一次的凝視
在寒風中
把我緊緊纏繞

晨曦, 設法追逐
綻放的花朵
我已走向你
你汪洋般的深情
把我零零落落的思緒
緊緊抓住

如果天空不死
愛更永遠不死
我们無法抗拒
愛, 不同形式的到來

三月的暖風
輕輕吹過
北方的天空昇起一道彩虹
我急急擁抱乍現的光芒
或許這就是傳說中的希望

愛在春季

我為何來到此地
來到此地
踏上暖暖的春季

你是風
我是雲
我們在春暖花開的季節裡
浪漫相遇

在一定的距離
一定的時間
我們可以天天相見
然而
我們之間
沈默也是
一種快樂

只要靜下心
你的沈默
深深感動了
我的喜悅
而我，也常帶給你
更多的笑意

暗戀

當我遇見你
當你遇見我

兩個人
心一致
凝視一致
微笑一致

不用千言萬語
不用詩情畫意

原來
相互暗戀
也可以那麼心動

祈求我們的愛隨風燃燒
灰燼化成永恆
覆蓋你我的傷痕

只能送給你相遇時的難忘時刻
還有我心中永遠的感動
不變的愛,原來你努力多年
拋也拋不掉棄也棄不成的煩惱

祈求

在任何時候
你像風
你像雲
你像陽光
圍繞我心

在任何時候
我用思
我用夢
我用念
圍繞你心

我們用一生的時間
深愛彼此
只願緣
降落你我心

我们置身於
愛情的結晶体裡
失落的你
即使今生
我们無緣
五月的陽光
萬紫千紅
也曉得
我们的秘密

現在已是最寒冷的冬季
你今天穿藍色的毛衣
依舊在窗前等待我
深怕有一天我將失去理智直接走向你

我喜歡
你的眼睛

我喜歡你的眼睛
用最溫柔的方式
擁我入懷

我喜歡你的眼睛
像浪潮般
讓我的心起伏不定

我喜歡你的眼睛
常注視我時
我將不再掙脫
盤旋在愛的旋渦
寧為你一次又一次淪陷

因為有你
逝去的時光
充滿色彩
想與你廝守
更長久
願，希望之光
久久照耀你我

距離，並沒有帶給我們太多的傷痕
每一次有風雨的夜，有你的夢忽遠忽近
或許你會相信．愛，要有一定的距離，才懂得珍惜

甜蜜的戀曲

想看看你
獨坐於石階下
等候我如期歸來

雖然那美好的景象
漸近漸遠
你的腳步聲
卻在我心中
掀起一片藍天

我們互握
微寒的愛情
不管漫風淒雨
都有我們的深情
相繫著彼此

有一次我把思慕
偷偷洩露在
談笑聲中
隨後被你發現
你將它成了深情一吻

用你的溫柔
擁護我淒淒的夢
拋開一切
無法預知的未來
我們將所有複雜在一起的心情
彈一場甜蜜的戀曲

努力付出，包容彼此
或許未來，屬於我们

愛情的世界很脆弱
總是來不及驚醒
來不及歡喜
我们常懷疑
愛，是否真正存在

今生

你千里奔來的溫柔
不斷湧入
我心中
沸騰已久的思念

要如何表達
對你的心意
記憶中
滿是你的話語

我尋不到
非情的世界
只能和你
共攜永遠

其實, 你早已發現
我已深深眷戀
你一次又一次
溫柔的凝視
也開始懂得接受
我疏疏落落的心事

我輕敲你胸膛
你擁護我最初的愛
然後，我們用纏綿的淚水
共同寫下今生的相遇

喜歡你
有點不知所錯
心裡的什麼事
都想對你說
因為你是
最懂我的人

不敢追憶最初
因為，最後旅途漫漫

最美的季節

在乎

在你回眸的片刻
故作一陣恍惚
只希望你發現
我多麼喜歡你

在你轉身面對我的一刹那
暗示你一個甜甜的微笑
要你知道
我等待著你

如果更了解彼此
感情會更甜美
如果付出更多
感情會更深刻
我從不懷疑
你對我的好

最捨不得的
不願離你遠走
你會懂我沒有說出原由

愛情

絕妙境

數不清
過了多少個歲月
你帶著
深深的歉意來看我

被你的目光
灑落滿身的我
來不及把自己妝扮得
更漂亮一點

我久未站在你眼前
你久未露出的微笑
暫時撫平了
我倆心中的寂寞
看來，我從你繾綣的眼神中
無法掙脫的跡象

你金色閃電般的凝視
給予我淡淡的羞澀
心總是在跳動
我無法壓制

每一次經過你
為了和你視目相對
我總是慢步走過
緣份是如此奇妙
有些時候
因為莫名的事
既然拉近了
我們的距離

今天我看見了你莊嚴的背影
我慌亂地站在你窗前
多少個日子我一直都是如此

緣份

無意中你向我走來
忽然間我不敢多看你一眼
你的神情
充滿了無限的思念
緣份是這般奇妙
我的心無法寧靜

期盼已久
我一樣狂喜擁抱
你的柔情
義無反顧
衝向你愛情的海洋

光是你
水是你
秋風吹盡感動的淚
你的眼神
不再說謊

你曾對我說
用微笑對待
世事多變
用單純的眼光
看待
錯綜複雜的世界
還有
我們的相遇

好像走在漫無目的
一條沒有終點的路途
可是這條路上
至少有你相伴

夢想

我一度繞著
無法改變的事實
今生
我來遲了親愛

在夢裡
你輕盈的擁抱
暗示我
再多的曲曲折折
你願意在黑暗中
和我一起
攜手到永恆

這是我夢見你
最久的一次
你溫柔的眼神
暗示我
夢想不再失落
旅途不再遙遠

想你的日子
一直重複
早已習慣
紛亂了的思緒
記憶的河
依戀已滿滿

又是一個想你的夜
你可能還不知道
你對我有多重要
沒有你的日子
失落總是難免

諾言

風　　傳來消息
雲　　暗示我準備就緒
聽說你在今晨
會出現在我眼前

我帶著一顆忐忑不安的心
盡自己所有的可能
將自己妝扮成
像天使也好
像灰姑娘也好
等待你的到來

這是我在佛前
求了千年
才有這麼一次的機會

讓我為你瘋狂
為你迷失方向
為你天高地厚

這是我在佛前
為你許下的諾言

淚是一串串
說不盡的心事
我在你心裡是
不可言語的愛情
但,相信我們之間
存在著真心

難以思索
想念究竟是什麼
只想用簡單的方式
對你表達
這深刻的愛

圓夢

求了千百次
盼了億萬年
圓了一個夢
終於握住
你溫暖的雙手

永生難尋
畢生難等的一次機會
終於靠近你
近尺不到一個呼吸的距離
全在夢裡

如何細述
關於我們的點點滴滴
很久很久了的故事
你願意聽嗎ㄟ

路總會有盡頭
而我的愛
永遠沒有盡頭
想你的時間
許多的未知數
一樣沒有盡頭

在你面前

在你面前
多想傾訴
對你的愛慕
或許我不容原諒
我的生命
賴以你甜蜜的微笑
模糊生存

有你的記憶
就有我憔悴的容顏
有你的存在
就有我不安的心

只要稍稍顫動
被你千種表情所迷惑
太多的時間
我已漸漸不肯露面

在你面前
我已付出最真的情
微笑, 垂頭, 無語
只要沒有距離
在你面前

時間一頁頁地飛逝
我感覺到
一切都是很透明
回憶織成的思念
自由自在
飛向天際

假如我有一雙翅膀
執迷不悟
飛向你窗前

影

今生渴念的夢
忍不住凝聚成
無悔的等待

我知道
愛情不適於我
我知道
今生要不停地去愛你

用我的深情
擁抱你飄泊的相思
用我溫暖的手掌心
結伴而來
你卻遲遲不肯表露
那隱約的愛情

我等待著你
等待著
你從我熟悉的必經之路
走向我

我不知道你的名字
你的影子卻無所不在
早已悄悄步入我心房

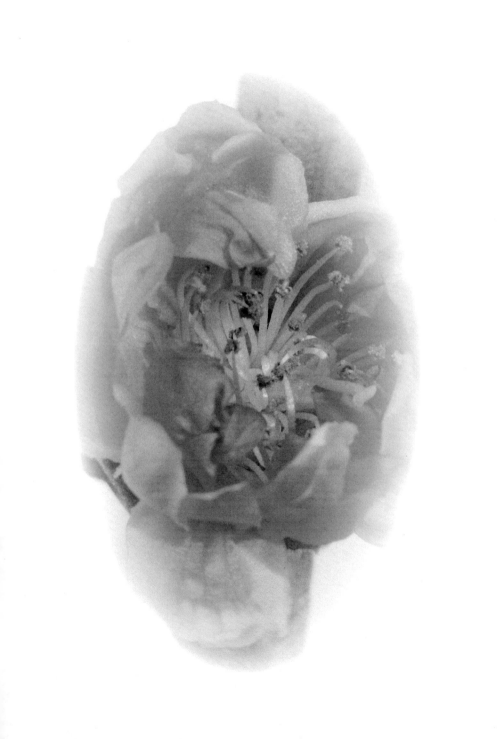

生命中
都有一些
奇妙的巧合
或許我們都錯過了
那些美好的機遇

難道愛情
真的有一定的模式
才能結合

滿足

其實,再多的愛
無需多言
只要用行動
表達真誠
你就會多看我一眼
多在乎我一些些

其實,再多的傷感
無需怨尤
只要天天看見你
千萬種表情
就算你心裡沒有我
今生已足夠

好想问问你
你的眼神
為何一直找尋我
即使再多的無奈
心卻狂亂不停

我忘了拒絕誘惑
瞳中的印象
輝映著你的依戀

重拾

保持沈默
痴痴迷迷地尋找
早已離散了的一場夢
熟悉的甜蜜
是否匆匆降臨

你纏綿的愛情
繾綣著我的心跳
喜悅的風暴
帶走
你不曾注意的傷痕

我預先夢見
大海帶來
你內心深處的波濤

我的心
幸福飛過
你蔚藍的天空
獻給你
我滿腹的思念

濃濃的愛
一顆憂鬱的心
用你意想不到的時間
等候

心痛

我的眼神不復返地
飄向你無邊的愛情
隨著你的心跳
傾倒在
落滿相思的夢境

是我辜負了幸運之途
還是你不願坦然面對
我久等的夢境
或許,你茫然神秘的胸懷
只容一顆心
只恨我們相遇太晚

我曾接受你無情的冷漠
也曾被你遺忘在天涯盡處
你卻佔有我每一個日子

我背負著你的愛
無法回頭往
只有你淺淺的縷戀
在我心痛深處

原來我的生活中
不能沒有你
也許未來很渺茫
在離你最遠的地方
我仍然祝福你
雖然距離好遙遠
每一個日子
都可能是
相見的日子

你似乎佔據了
我大部份的時間
或許我是太過天真
有一次
雖然我沒有期待
你突然出現在我眼前
視目相對的同時
你深深的凝視
始終帶給我幸福和溫暖

星

你的心
在遙不可及的地方
而你溫柔的雙目
卻撫慰我
飄零的繾綣

我不知道
你的名字

你一片平靜的光芒
我流浪的心
能否駐足片刻?
編織一段
我夢寐中
最美麗的童話

我似乎聽見
你為我祝福
想你的夜晚
你給的夢
擾亂了
我寧靜的宇宙

回憶的波浪
逐漸增強
淚
淒涼

幻

風　　別吹向我
亂了無緒的髮
光　　別射向我
冷卻了的寂寞
我孤獨的心
早已疲憊

星星告訴我
等你出沒的天際
願我破空
與你相遇
不再無緣
這時候彩虹會出現
為我們搭起愛的橋樑

你終於是我的陽光
你終於是我的微風
你終於治癒
我疲憊不堪的一顆心
感動的星星
也擠滿了整個天空
為我們喝采

我倆正飛向
就在不遠的銀河
共度此生

風的吹響

雨的舞姿

就是愛的序曲

而雲的飄搖

是你不願透露的煩惱

從未想像過

今生能夠遇見你

我一向討厭分離

你溫暖的雙手

可以決定

我的去留

別試圖放我走

有一天你會懂我的夢

秋的感覺

我很清楚
你是我永遠等不到的夢
這些日子
我若隱若現的呼喚
你依稀感到
在你身邊徘徊

秋的感覺漸漸來到
茫然的我
在秋風中
獨自走過

想起第一次遇見你
你留下的餘溫
暫時滿足了
我焦慮的心

慢慢的
你夢幻般的愛情
留給我一種
模糊的印象
熟悉的聲音卻非常深沈

我幾乎在夢中
和你牽牽手說說話
美麗的情懷戀事
從你眼神中流露

我將成為

你眼中心中的太陽

而愛與寬容

是我時時帶給你的快樂

長遠的天涯

有你伴隨

我不再是寂寞的旅人

你的愛夢一般的纏綿

許多說不盡的

相依偎在詩海

不知不覺

你早已佔據了我的心

你知道

人生有一連串的發生

我們無法阻止

那一夜

終究, 我困守在
你落寞的眸光裡
夜空像不確定的時間一樣
在暗淡的月色中微微亮
你的背影卻清晰可見

我穿過熟悉的街道
努力奔向你
我不願再和你擦身而過
於是你接受了
在你心裡
徘徊不去的我
月色逐漸退去
我們的愛
不再空空蕩蕩

你串串寄託的懷念
紛飛不息於日夜
不要拒絕我的羞澀
沈默是我們唯一
撕不碎的愛戀

你的愛未燃爐
悄悄依戀著
迷失在黑暗中的我
別流下失望的淚
我會努力走向遠處的你

夢中的男孩

希望如黃花凋謝
你的愛我的夢
卻在世間的傳說中
永恆地留存

望著星空
眼裡閃亮的是你
而你的關懷
在寒風中
如此逼近我

你主宰了
我的青春歲月
又何須確定
我若有若無的情
終究, 煙消雲散

別辜負我
細細為你珍藏的愛戀
別試想給予我
孤獨的滄桑

我盼著你
千里的思念
綑我一生
在你夢中

什麼是永恆
只有片斷的回憶
可以切砌成
傷痛的深谷

你對我無情的時候
只有滂沱的眼淚
回憶,過往的歲月

夢境

今生想對你說的話
不如留到來生吧!

想你　　默默守在窗前的樣子
想你　　深深凝視我的樣子
想你　　站在我身邊的樣子
想你　　對我說話的樣子
想你　　對我微笑的樣子
想你　　用無奈的眼神望著我的樣子

你永遠是我不同夢境的過客
從不留下任何線索
也許你的愛
晚了千年之後
才能抵達
到時候
我們在天涯斷處相見

與你相遇是
人生難得的一次機會
也是我今生
最美好的回憶
有些事雖然沒有道理

你聽見我的聲音嗎‧
我每天來到這裡
總是忍不住
想多看你一眼
我倆初見相識之後
便許下來生也能相見

無題

這是一個漫長又空虛的季節
我在等待中流浪
能否再編織一段
相見的夢想
在湍急的呼吸中
夢想再次實現

你從我身邊走過
隨後看了我一眼
你今天沒有打領帶
忙碌是否讓你忘了時間
我的心, 墜落於你深情的眼神
不安的眼淚
迎合你留下
冷冷的寂寞

因為，你無限包容我
所以我決定繼續
因為，夢想容易幻滅
所以我是那麼的自私

不願停下腳步
就算你已看穿了我
我也無所謂

不變

人海茫茫
找尋你的蹤影

何時停下腳步
何時不再以為
唯你是我一生的寄託
走出你的陰霾

我一絲不變的情
永不後悔為你付出

我知道
生命中所有的好
都是從你開始

冷冷的思念
層層不落的回憶
永不退色的場景
深深烙印我心裡

假裝看不見你
苦澀的甜蜜
千轉白迴
想念與悲傷
纏繞週圍

因為太在乎你
我總是心軟
雖然你對我不曾有過言語
我仍感覺到
你心中的眷戀

勿忘

聽到你的聲音
看見你微光下的身影
你時時關懷的回眸
我更敬重你

寂寞的那一盞燈
依舊照亮你的窗前
我久久不肯離去

讓心裡的暖風
孤獨地吹向你
別忘了
在我無言中
為你牽起的目光

為了這深沉的愛
我毅然留在你身邊
在你看不見的距離
為你哭, 為你笑
為你快樂, 為你憂傷

我們只能
默默相對
我相信
我所看到的你

記得我
我的心
仍然在你多情的
風雨中奔馳

情

我無法停止想你
像無法停止春天的雨

我有艱辛不凡的等待
我有千萬個愛你的理由

不願成為一種阻擋
也不願讓你看見
我沾滿了淚水的臉龐
所以我不願對你表白
這段情

原諒我對你
不夠坦白, 不夠勇敢

在那遙遠的地方
我願意被遺忘在
最黑暗的角落裡
廝守你一輩子

你永遠不知道
我為何那麼自私地逃避
我何嘗願意

一切的夢想
遠在未知的世界
我們嚮往
無邊無際的天涯
守著愛情的天堂

流浪的玫瑰花

我是一朵
流浪的玫瑰花
早已被你遺忘

你翩翩是
無情的狂風大雨
什麼也阻擋不了
你突如其來的怒吼

過了一場又一場的浩劫
只剩幾片花瓣在飄然
茫然微香傾訴幾番思愁

我仍是一朵流浪的玫瑰花
隨著四季浪跡天涯

讓真愛留下些回憶
我已收不回對你的心

你的眼神
掠過我的喘息
秋去冬來
誰在每一季的向陽
唱著絕望的情歌

跟隨

我願意隨時為你換思緒
無論多少次

我願意隨時為你展開新生活
一步一腳印

我不斷思考該如何走完
永遠永續的路

帶著你沉重的愛
不斷尋覓

何時才能停止, 不再前往
永遠永續的路

而你, 早已不在那遙遠的地方
心
跟隨你到無邊無際的天涯去

明知你早晚
一樣見到我
你依然默默地尋找

即使見了面
你失落地轉身離去
我明白
你掩蓋不了的無奈

問

美麗溫柔的相遇
在深深的夜裡
冷冷地渡過
數十個寒冬

我一直眷戀
過去有你的日子
一幕又一幕
歷歷如新

我渴望身旁有你
已荒漠的希望裡
我重複等待你

我在一世紀的心跳中
不忘記你的名字

要我為你付出多少
才能抵掉今生的命運

要我為你等待多久
你才不留下一個
孤伶伶的我

如果沒有結果
是否該遺忘
每一次停下腳步
你總是走向我

四目交換的同時
我再次陷落
故作堅強
原是我的本能

愛慕

這是一種不能結束的等待
我仍固守在
碎裂殘敗的愛情
相思, 慢慢變得
我生命的泉源
賦予我最原始的心情

心, 念念不忘
波動著你的名字
我知道
你載不動且無法負荷
我沉重的愛

我從不忘記
等待奇蹟
等待一道曙光

你的愛擁護我的青春
時而多情
時而無情

這是一種沒有結局的愛慕
我去尋覓
你卻逃避
怎樣的勇氣
可以喚醒
你沈睡已久的愛

為你失眠
為你心跳
為你沈醉
為你幸福
和你的一切
與夢連在一起
永遠收藏

愛情令人魯莽的時候
愛情令人盲目的時候
愛情令人夢想的時候
原諒我如此無常

夜思

我是一朵蒼茫茫的花
只有一聲無聲的嘆息

你走過的這條街
我重複尋了如幾回
濛濛月色下的街燈
從不知會我一聲
你在那裡

迷失方向是我常有的錯誤
選擇在夜深寧靜
才敢卸下一次
你沈重的包袱

我夜夜思念
如何驅散
在記憶中
似無似有
你纏綿多情的溫柔

我們命定相遇

這幻化城市

只有我

全然盲目地愛著你

沉迷秋風夜　　記起你深情
只恨緣未盡　　寄情千萬里

昨日很美的海域
今天卻波濤洶湧
生命的汪洋
茫茫然
新葉再生黃葉在落
我在你心裡是
永不滅的一顆星

雲在秋天等你

讓我步上
靜悄悄的漂泊之旅
秋風起時
流浪天涯

我可以秘密行程
掠過你每一個心情
反正你也看不見我

我不能哭
你會怨我恨我
我的屈委
你的盲目
不願外人知悉

已千萬次的失望裡
我柔弱的愛
時時纏繞著你

你何時會想起
我遙遠的思念
為你那最清楚的記憶裡
我會孤伶伶的等你

我無止盡的相思
等你輕輕一觸
甘心為你
淒楚墜落

我不明白
你始終溫暖的笑容
在傾訴些
什麼訊息

維護我們深深的回憶
獻給你我所有的愛慕
這是我存在的意義

存在

你將落寞的愛
不經意地留給我
而如今,我的掠影
在你心裡輕輕沈落
你將無緣追憶
那一場相遇

在寂寥深邃的夜裡
我幽怨的眼神
悠悠地想你
尋訪唯獨你真情
沈寂的景象
柔弱地纏繞著我

無人認領的擁抱
如此淒楚的相思
這是我初降的愛情
我只能細細珍藏

多少日子
我就在你記憶
最深固的回憶裡
永遠無法發現的一個人
虛渺地悄悄存在

用淚水洗去思念
用愛情寫著
唯有你讀懂的詩行

時間走過
潮汐之間
風和雲是你捎來的信箋
曾經,我是那麼的熟悉你
未來竟是如此

未知

孤寂落寞的心境
早已幻化成
失落的淚
永無止境的等待
不確定的相遇
染成了一身的憂鬱

你固執的依戀
歷歷在目
我們繼續向未知
茫茫靠近
看不見的悲哀
緣起與緣滅
永遠地長眠了

你的一舉一動
在我生命裡
和我一起度過

儘管無法拉近
遙遠的距離
你盡全力對待我
所有的好

希望

我已在你空蕩蕩的心裡
熱情造就心動的感覺

你之外
我沒有愛
你之外的一切
都將是複製品

如果沒有你
所謂生命
只是空空的軀殼

晨光驚醒
我深深的夢境
回首展望
愛情的喜悅
不再縹緲

五光十色的燈火在跳躍
或許我們可以繼續等待
不要太夠明白彼此
寫著屬於我們的童話
我们將更靠近

窗外飄著細雨
我心狂亂
微風, 陪我一起想你
暖空陪我一起愛你
而我默默陪你到天明

浪漫的堅持

乾涸的淚
燃燒的思念
在夜裡掙扎

冀冷的黑暗中
留下悲傷的記憶
只有你明白
我每一道傷口
每一行淚
是想念的印記

我怎能拒絕
和你相遇
望你久留
在我的世界
我將牽掛與寬容
隱藏在有詩的紙頁上

我最想看見你的時候
你就像浪花忽遠忽近
我最想靠近你的時候
你已離我好遠好遠
當我心灰意冷
又見你含情脈脈的眼神

你是我身邊
隨時間變化的心境

情詩

寫給你一天一首情詩

句句是我的心痛
行行是我的深情

我寫著你的步履
我寫著你的一動一靜

段段是我的心碎
篇篇是我的眼淚

今生今世
永恆不變地
時時傾訴
無緣編織的
愛情故事

我化成了雲
追逐你
飄無不定方向的風
永無止息

什麼時候起
我不知道
我為何著了魔一樣地
迷戀著你

守護愛情

細雨紛飛的夜
唯一不能繫的心事
彈奏著無旋的歌

愛情的憧憬
在紅塵
緩緩地滑落

夜的寂寥喚醒
乾涸的往事
尚未消失的纏綣
童話般美麗

相遇, 別離
如同時光匆匆來去
現實與浪漫
引來記憶的起點

今生你給的希望
雖然短暫
在我心裡
一字一句
渾然不去

而你的呼喚
如在深淵的宇宙深處
我無法感覺到

我是一顆守望你最明亮的星

我是一顆守望你最明亮的星
來自, 沈浮漂泊的心的深處
有著, 深情不忘的本能

不願把有限的光能一次就點綴
我從不輕易呈現, 最真實的面貌
請你包容, 我魯莽的姿態

要如何表達, 感謝你的心意
記憶中, 我對你, 滿滿的愧疚

向荒漠的旅途
數不清
我已踏遍多少次

我知道人的一生中
並不是每一件事情
都會帶來幸福

儘管所有的不幸
把我的希望, 撕的粉碎
我永遠是一個快樂的守護人

或許, 有一天
我不再流浪
或許, 有一天
夜幕上, 在文字裡
我不再扮演任何角色

我只能捉住片刻的歡樂
最忠最友善的心
快樂迎接每一天

乘著白雲
帶著所有的希望
多苦多遠
奔向天際
收尋你的點滴
集成詩源
流向人間
成為不朽的傳奇

無論,我要去向何處
你是我始終不變的方向

有夢

想著你
從你夢中
永遠不要醒來
醒來必得面對
一切的不可能

你軟弱的同情心
情願承擔
無法決定的未來

愛情的故事
如浪花的起伏
沒有一定的路途

在繁華的世界
我們都是不期而遇的過客
驀然領悟
只要有夢
我們一樣可以廝守

為你而唱
為你而寫
為你而夢
用記憶刻劃
有你每一幕心情
這是我很久很久了的習慣

一片綠葉　　一陣秋風
清透心中　　這段情歌
不圓夜夢　　情願守終

殘局

我該如何收回
早已放逐了的心
你時而有情, 時而無情
我感覺不到
你真正的相思

激情, 隨著你冷漠的表情
漫漫凋零散落
心傷, 墜落在
你無情的眼神中

希望是永遠走不盡的
一條漫長的路
生命的另一種樂章是
愛情和淚水合成
不想留白最初的相遇
忽然寫下今生有你的故事

你仍然喜歡
默默等待我的出現
我們曾經回頭過.掙扎過
但,不能忽略
愛情的到來

喜歡你是
我今生的幸福
希望你有和我一樣的感受

藏愛

時間在生命的地圖
漫漫飛翔

有時候我感到
你在等待我
輕輕向你邁步

我無法抗拒
你千里奔來的眷戀
在我還沒有表白你之前
用你暴風雨般的無情
攔阻我吧親愛

你望著我含著淚的眼
把愛永遠藏在心中
讓記憶留守在我倆的身旁

不該放開你
因為,你總是不安
為什麼我們無法靠岸
只能在茫茫大海游蕩

如果
把一切
不能夠微笑面對
我將在歡樂與悲傷之間
也無法平衡

無言

數不清
究竟幾次
和你視目相對

我遠遠就能望見
你深沉的目光
我切切期待的心
早已紛紛落下

我們今生
還有多少次
如此刻
我溫柔地站在你身邊
什麼也不說
而你, 焦躁不安地望著我
也什麼也不說

或許愛情屬於大地
苦難無法摧毀真誠

因為距離

知道要更珍惜

我不會在

無知裡沈迷

再久的難耐與等待

我一直等待

睜開眼睛

閉上雙眼

你總是在我面前

變調

風淒淒地吹來
涼涼的雨滴
在寧靜中　輕輕滑過
我含淚的眼
終究你讓我知道了
你要的結局

是否記得初見時
我怯怯的模樣
那是我不知道
你早已擁有
自己親手建造的天堂

終於明瞭
原來我不屬於你
我將不再流淚
惹你疼惜

你的世界
如浩瀚的天空
唯有我的愛
你容不下

解開你

無法理解的心事很難

故事即使沒有完美

還是設法繼續寫

跟隨你的回憶

努力尋找

愛情的音符

我只是你半夢半醒的璀璨

你一手塑造的幻影

你寒冷的眼神拋不開

我傷痛的心

瞬間的淚花

散落的依戀

在無邊的歲月徘徊

過程

你用驚嘆遺忘
必來的滄桑
一波波傳來的心情
疲弱地流動

在夢的迴旋空間裡
雲,吐露生命的四季
記憶落入
感情的滄海

愛是唯一
無人看透的心事
緣起緣滅
只是一曲曲
愛情的音符

你只想默默望我
而我只能裝作不在意
我們一起走過
風風雨雨的四季
有一天當我們年老
你仍是深愛我的人嗎?

很想問問你
我心中所有的疑惑
我相信你對我沒有任何答案

傷

你徹底將從記憶中
不完整的我隱藏起來
你就像失蹤了的影子
不再讓我發現你

和你在一起
我並不期望
驚濤駭浪般的體驗
我只想對你微微笑
直到你若無其事地
回到最最初

我常輕聲吶喊
你只願意
在我夢境邊緣出現
你的愛在我凌亂的心中
繞來又轉去
我時時無法猜測
你下一次的步履

夜的寒冷
在絕望中摧殘著我
往日的甜蜜蘊藏在
無法拔涉的秋苦之中

我可以給你希望
我可以給你
無窮無盡的思念
當我們漸漸年老
生命的留言板上
我會寫下
今生不見不散

即使我們無緣
即使那無止盡的幻想
消失在天邊
微笑吧！親愛的
在你厭倦了的時光裡
我玫瑰般的熱情
無畏地跟隨你

棄

沈默敲不響
你冰冷的心
流著傷心的淚
我獨自靜看靜聽
你微弱的訊息
反正我的愛
早已預滅在你胸懷

請牢牢記住
我是你的最最初
有一天
在你生活中
沒有了牽絆
總會有那麼一天吧！
你會想起我嗎？

喜歡, 喜歡你的感覺
睜開眼睛
閉上雙眼
你一直在我身邊

你問我
我為什麼
不能不思念你
我說
因為我心裡只有你

無法阻止

你依依難捨
守候寂寞的我
只要靜靜地想著你
我什麼也不要

別只留下慌亂的心
我追尋的是
你翩翩的神情
我苦苦空虛的心
頑固地想起
變幻莫測的你

曾經最貼切的
海誓山盟
被你遠遠拋下
還來不及拼湊起來的
纏綿往事
也在天涯海角浮浮沈沈

夜走了
你的呼喚，你的嘆息
剎那間
燃燒在我心裡
用你的光芒
點燃我久久灰暗的心
我用生死不朽的等待
向悲慘的命運挑戰

看見你眼裡的深深眷戀
雖然沒有結果
我還是沒有遲疑
因為在我人生的每一個片段
只有你默默相伴

我們在同一個時空裡相遇
每一次走向你
多想轉個身去
和你面對面
我知道有些事情
不能橫越

迷途

柔情的甜蜜
捕捉不住
迷失在茫茫的燈下
漫長的流浪
絕望的孤獨
來自渴望的眸光
曾經被放逐的歲月
此時已成回憶

你未曾了解
我和你一樣
喜歡在人群中
找你尋你
長久以來等待著
如細雨般
飄落在我心上的你的愛
即使不再活著

一份溫暖就夠了
久久凝視一次就已滿足
今生我們錯過彼此
有一點可惜
一起度過的日子
我會牢牢記住

我們不可能有兩個方向
而你也無法找到
走向我的路徑

單戀

由於我盲目任性的舉止
開始感到身負罪惡

雖然我和別人一樣
想期待
期待你每一天的到來
甚至，你能回復到從前的微笑
儘管你多麼不願意

在紛亂的人群中
我看見的是
你深遠的眼神
緊緊守著
正義和今生無法改變一切的原則
冷落地奔向遠方去

有一場單戀的滋味
等待著
突然離開

今晚你徘徊在我夢裡
不經意中說出的某些話
給了我一些訊息

我無限的眷戀
默默和你一起度過
我強烈的愛
在遙遠的地方
為你發亮

學會堅強

原來你一直都不懂
我對你每一個舉動
每一種表情
為了你
我習慣學會堅強
不再那麼迷茫

當你對我
不想坦白的時候
我突然感覺
你的選擇是無疑

我不該對你動了情
一切發生是瞬間
我來不及回頭

其實我沒有退路
在這陌生的城市
你心疼我的無奈
或許你不夠自私
我只好學會堅強

我是旅人
注定一生要漂泊
而你，只能讓我
短暫停留

你多少個冷眼
望過我不眠的夜
所謂驚心的愛
彷彿風雨過後的夜色

不把傷心留的太多

在一個午後的咖啡館
我們凝視著夕陽
看見你憂鬱的眸子
我無法招架

願輕風吹走
在你淚光中
埋伏已久的悲傷
也許我們不該相遇
我不想給你太多的掛念

願冰冷的淚水
洗淨你的顧慮
我們該如何圓滿這段情
誰都不願意離開誰

我焦慮的呼吸
也許你聽得見
你一言不語
這是最完美的結局

關於致命的暗示
我無力抗拒
只能一一接受

我決定
在你期望之下
帶走悲痛的心
極速奔出門外
淚已流下
你再也看不見
我心痛深處

是你讓我發現
另一個有你的日子
風細訴
我倆幽怨的深情
生命會承載一切
我們創造的苦痛
故事的色彩
將揭開
奧妙的相遇

我相信
等待或許是永恆的象徵
請不要走的太遠
過去一切悲與喜
不願再回頭
我們要一起把握
再來的風風雨雨
我已發現
幸福的蹤影

記憶

無從向疲憊飄零的愛
傾吐今生的情事
帶著沈默酸苦
等待的又是什麼
夢在回眸
夜在黯然

無數次的希望
不願退向遙遠
只是愛戀
溫柔記憶
最輝煌的過去

有時候你沈思的姿態
把心中的話都說盡
當甜美的言語停歇時
相思在記憶中顫抖

有人說
美麗的愛情故事
都不會有結果
雖然廣大的自由在無窮遠處
我不為強勢
只想為你冒險一次

絕心

你只留下一聲嘆息
轉身就離去
我早已將悸動的心
放牧在你展開的心

封鎖惦念
一顆動盪不安的心
聆聽著愛的細述

任你燃燼我的思緒
所有寂寞與相望將止步
在愛情中只剩下蒼白的回憶
我不再茫然無知地走向你

你不清楚我生活
每一幕的風景
我不是不懂
你的態度
我只是害怕面對
你愛情的怒火

你只想做你的夢
而我, 只是
你的另一個影子

你走

深深的夜
只見你影匆匆離去
模糊的光陰
隨著你, 無情地流走

別遲疑
所有歸去的情景
今後你只能看見
大海的浪花
不再聽見
我深深的呼喚
所有悲傷與無言的吶喊
從你廣大的天空中
隱隱而退

伴著你
我一樣是孤單的女子
轉眼間
所有纏綿的迷夢
化成淚水
你一定不想等待
說我愛你的那一刻

你的凝望
如消失中的彩虹
我也不想從你夢中甦醒

希望激起
憂鬱的浪花
任憑夢想在無端的天涯
你一樣聽得見
我深深的呼喚

如何說明
不能透露的眷戀
別過份擔心
你會為我心動
你知道我們無緣

苦戀

無法等待的人
你的愛時時照耀
我灰暗的心

只要你對我微微笑
我就感到
已漸漸靠近奇蹟

我最深的愛
了無聲響地
無窮無盡奉獻於你
結果, 你還是
狠心放了我

沈睡的愛
久遠的夢境
無從知曉
何時是
你愛情羞怯地終於到來
救回我苦苦的戀

大部份的時候
你是懂愛的人
我常聽你傾訴
在你不願意承認的同時
你仍在堅持
你從未給我承諾
也無須做任何決定

你頻頻回首的思念
無從計數
禁不住的感動
暗示我們的距離
在永遠看不見的深處

藏緣

總是落幕之後
才知道故事的真相
總是走過一回
才發現原來全是一場夢

請你指引我
我必須走哪一條路徑
恰好與你相遇

我不怕秋去冬又回
只怕你有別心
在我心裡只停留一季

無緣的你
我將這段情藏好
藏到任何人都發現不了的內心深處

你若早點告訴我
我倆的相遇
注定一篇沒有結局的故事
我早已安排好
如何離開不屬於我的世界

我不怕時間的飛逝
唯有想你是
最完美的結束

我不再是你的牽絆

我想，不必等待春天了
靜靜愛慕
對情畏懼憂傷的你
別再多疑
別再企圖抵抗
我純白的愛

今世
我不再是你的牽絆

孤獨並不是
那麼漫長的歲月
愛情正飄向你
只是你無心留意

留給你
我潔白的目光
用我溫暖的心
點燃你
不曾面對我的微笑

抉擇

終究注定要離開你
我知道我必須轉身奔逃
帶走在這些日子
靜靜蓄積的愛

每一次
你溫柔的凝視
成了我不顧一切地想要逃離

是誰的旨意
要我們相遇
又是誰的安排
你的愛
一次又一次
將我緊緊纏繞

也許這一切
只是, 我的渴望與幻想
夢, 醒來之後
我以一種隕星的姿態
依舊守候你

你的心
屬於遠方了
留給我不能結髮的遺憾
粉碎了的夢
創造出
無限的相隔

我把思念
遺留在你窗前
當你想起我
我已在長久的
睡眠之中了

錯過

祝福你
失去的光陰不再回頭
一切無法準時降臨

別再假裝憐惜我
我會原諒你
全然遺忘的罪行

我們相遇僅只一次
放下和你無緣
至少我的心在你心裡

日日三次
我願作你身邊
輕盈吹過的微風
深深柔柔地纏繞

愛, 需要耐心與等待
雖然沒有結果
彼此在遙遠的異地
相互祝福

夢的開始, 夢的結束

夢的開始

你終於牽到我的手
不再猶豫, 不再徬徨
只要我回頭
望見你深情的眼眸

我們開始說話
擁抱著三月的暖風
幽深的星光
輕輕地點綴天際

我看了你一眼
看見, 你從不輕易露出的微笑
我們手牽著手
走了好遠好遠的路
彷彿害怕失去彼此

不安的心
讓時光恍惚過了許久
聽風聽雨
絕望地唱著歌

唱著我倆
別離就在今晚
我無法再思想
用盡所有的理由
快速逃離你身旁
結果, 我還是被你找回來

雖然我們的愛早已堅定
漫無止境的路途
總是崎嶇坎坷
你無奈的淚光
也無法改變, 這一生無緣
我們早已陷入無可奈何

最後我選擇, 永記一生你放手遠走的身影
我要你無怨無悔地離開我
或許, 你不該牽到我的手
我今生是受過詛咒
無法和你廝守到老

悲傷
將我們的愛漸漸掩埋
留在生命中的喜悅
剎那間, 皆已荒蕪

夢已結束

你給的希望
就是我的幸福
願你也能感受到
我很在乎你

再來的日子
我身邊少不了你
因為,我會永遠記得你
還有什麼好在意
我倆最終結局
不是童話中的王子和公主
懂得如何釋懷
就是幸福

不忘

這些年你我一起度過
無論是喜是悲
這些年我多次
痴痴向你走過
這些年你多次
讀我急遽上昇的繾綣

你帶走我的心
我將接受你的選擇
此刻, 我們假裝快樂
別承諾未來
你要對我表白一切
我只是個
你記憶裡的負荷

你不願把這段回憶
隨風而去
而我, 更不忍離開
背負一身不捨的你
我聽見你心靈深處的呼喚

我們的寂寞航程未到達終點
你會長久佔領我的心直到永遠
而我,也長久佔領你的心直到永遠

國家圖書館出版品預行編目

最美的季節 / 陳綺創作. – 二版.
　-- 臺北市：秀威資訊科技, 2005[民 94]
　　面； 公分. 參考書目：面
　　ISBN 978-986-7263-11-7(平裝)

851.486　　　　　　　　　94003148

語言文學類　PG0051

最美的季節

作　　者 / 陳綺
發 行 人 / 宋政坤
執行編輯 / 林秉慧
圖文排版 / 張家禎
封面設計 / 張家禎
數位轉譯 / 徐真玉　沈裕閔
圖書銷售 / 林怡君
法律顧問 / 毛國樑　律師
出版印製 / 秀威資訊科技股份有限公司
　　　　　台北市內湖區瑞光路 583 巷 25 號 1 樓
　　　　　電話：02-2657-9211　　　傳真：02-2657-9106
　　　　　E-mail：service@showwe.com.tw
經 銷 商 / 紅螞蟻圖書有限公司
　　　　　台北市內湖區舊宗路二段 121 巷 28、32 號 4 樓
　　　　　電話：02-2795-3656　　　傳真：02-2795-4100
　　　　　http://www.e-redant.com
2005 年 3 月 BOD 一版
定價：180 元

讀　者　回　函　卡

感謝您購買本書，為提升服務品質，煩請填寫以下問卷，收到您的寶貴意見後，我們會仔細收藏記錄並回贈紀念品，謝謝！

1. 您購買的書名：＿＿＿＿＿＿＿＿＿＿＿＿＿＿＿＿＿＿

2. 您從何得知本書的消息？

　　□網路書店　　□部落格　　□資料庫搜尋　　□書訊　　□電子報　　□書店

　　□平面媒體　　□ 朋友推薦　　□網站推薦　□其他＿＿＿＿＿＿

3. 您對本書的評價：(請填代號　1.非常滿意 2.滿意 3.尚可 4.再改進)

　　封面設計＿＿＿　版面編排＿＿＿　內容＿＿＿　文/譯筆＿＿＿　價格＿＿＿

4. 讀完書後您覺得：

　　□很有收穫　　□有收穫　　□收穫不多　　□沒收穫

5. 您會推薦本書給朋友嗎？

　　□會　　□不會，為什麼？＿＿＿＿＿＿＿＿＿＿＿＿＿＿＿＿＿＿＿

6. 其他寶貴的意見：＿＿＿＿＿＿＿＿＿＿＿＿＿＿＿＿＿＿＿＿＿＿

＿＿＿＿＿＿＿＿＿＿＿＿＿＿＿＿＿＿＿＿＿＿＿＿＿＿＿＿＿＿＿＿

＿＿＿＿＿＿＿＿＿＿＿＿＿＿＿＿＿＿＿＿＿＿＿＿＿＿＿＿＿＿＿＿

＿＿＿＿＿＿＿＿＿＿＿＿＿＿＿＿＿＿＿＿＿＿＿＿＿＿＿＿＿＿＿＿

讀者基本資料

姓名：＿＿＿＿＿＿＿＿＿＿　年齡：＿＿＿＿　性別：□女 □男

聯絡電話：＿＿＿＿＿＿＿＿＿　E-mail：＿＿＿＿＿＿＿＿＿＿＿＿

地址：＿＿＿＿＿＿＿＿＿＿＿＿＿＿＿＿＿＿＿＿＿＿＿＿＿＿＿＿＿

學歷：□高中(含)以下　　□高中　　□專科學校　　□大學

　　　□研究所(含)以上 □其他＿＿＿＿＿＿＿＿

職業：□製造業 □金融業 □資訊業 □軍警 □傳播業 □自由業

　　　□服務業 □公務員 □教職　　□學生 □其他＿＿＿＿＿＿

秀威與 BOD

BOD（Books On Demand）是數位出版的大趨勢，秀威資訊率先運用 POD 數位印刷設備來生產書籍，並提供作者全程數位出版服務，致使書籍產銷零庫存，知識傳承不絕版，目前已開闢以下書系：

一、BOD 學術著作—專業論述的閱讀延伸
二、BOD 個人著作—分享生命的心路歷程
三、BOD 旅遊著作—個人深度旅遊文學創作
四、BOD 大陸學者—大陸專業學者學術出版
五、POD 獨家經銷—數位產製的代發行書籍

BOD 秀威網路書店：www.showwe.com.tw
政府出版品網路書店：www.govbooks.com.tw

永不絕版的故事·自己寫·永不休止的音符·自己唱